灼华诗丛

曼 著

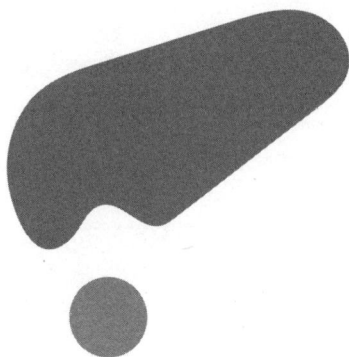

形而上的夜晚

陕西新华出版

太白文艺出版社·西安

图书在版编目（CIP）数据

形而上的夜晚 / 熊曼著. -- 西安：太白文艺出版社, 2022.3（2023.6重印）

（灼华诗丛）

ISBN 978-7-5513-2099-3

Ⅰ.①形… Ⅱ.①熊… Ⅲ.①诗集－中国－当代 Ⅳ.①I227

中国版本图书馆CIP数据核字(2022)第037483号

形而上的夜晚
XINGERSHANG DE YEWAN

作　　者	熊　曼
责任编辑	靳　嫦
封面设计	郑江迪
版式设计	建明文化
出版发行	太白文艺出版社
经　　销	新华书店
印　　刷	三河市同力彩印有限公司
开　　本	889mm×1194mm　1/32
字　　数	82千字
印　　张	6.125
版　　次	2022年3月第1版
印　　次	2023年6月第2次印刷
书　　号	ISBN 978-7-5513-2099-3
定　　价	45.00元

诗人给了世界新的开始

——"灼华诗丛"八位诗人读记

◎霍俊明

由"灼华"一词，人们可能首先想到的是《诗经》中的那首诗，想到四季轮回的初始和人生美妙的时光。太白文艺出版社"灼华诗丛"的编选目的和标准都很明确，即入选的诗人大抵处于精力旺盛的阶段且写作已经显现个人风格或局部特征。平心而论，我更为看重的是当代诗人的精神肖像，"持续地／毫无保留地写／塑造并完成／我在这个世界中的独立形象"（马泽平：《我为什么要选择写诗》）。对于马泽平、杨碧薇、麦豆、熊曼、康雪、林珊、李壮和高璨这八位诗人而言，他们的话语方式甚至生活态度都有着极其明显的差异，但总是那些具有"精神肖像"和"精神重力"的话语方式更能让我会心。正如谢默斯·希尼所直陈的那样："我写诗／是为了看清自己，使黑暗发出回声。"（《个人的诗泉》）由此生发出来的诗歌就具有了精神剖析和自我指示的功能，这再一次显现了诗人对自我肖像以及时间渊薮的剖析、审视能力。自觉的写作者总会一次次回到这个最初的问题——为何写作？我一直相信，真正的写作会带动或打开更多的可能性，而诗人给了世界新的开始。这样的诗歌发声方式更类似于精神和生命意义上的"托付"，恰如谢默斯·希尼所说的，使"普通事物的味道变得新鲜"。

几年前读露易丝·格丽克的诗的时候，给我印象最深的一句是"总是太多，然后又太少"。诗人面对当下境遇和终极问题说话，并不是说得越多越好，相比而言说话的方式和效力更为重要。由此，真正被诗神选中和眷顾的永远都不可能是多数。

马泽平的诗让我们看到了频繁转换的生活空间和行走景观，当然还有他的脐带式的记忆根据地"上湾"。在米歇尔·福柯看来，20世纪是一个空间的时代，而随着空间转向以及"地方性知识"的逐渐弱化，在世界性的命题面前人们不得不将目光越来越多地投注到"环境""地域"和"空间"之上……

我这样理解关于一个地名的隐秘史
它有苍茫的一面：春分之后的黄沙总会漫过南坡
坟地
也有悲悯的一面：
接纳富贵，也不拒绝贫穷，它使乌鸦和喜鹊
同时在一棵白杨的最高处栖身

这几句出自马泽平的《上湾笔记》。"上湾"作为精神空间和现实空间的融合体，再一次使诗歌回到了空间状态。这里既有日常景观、城市景观、自然景观以及地方景观，又有一个观察者特有的取景框和观看方式。诗歌空间中的马泽平大抵是宽容和悲悯的，是不急不缓而又暗藏时间利器的。他总是在人世和时间的河流中留下那些已然磨亮的芒刺。它们并不针对这个外部的世界，而是指向精神渊薮和语言处境。就马泽平的语调和词语容量来说，我又看到了一个人的阅读史，他也时时怀着与诗人和哲学家"对话"和"致敬"的冲动。这再次印证了诗歌是需要真正意义上的命运伙伴和灵魂知己的，"一个人和另一个人／有了同样的生辰"（《一个和另一个》）。

杨碧薇出生于滇东北昭通，但是因为城市生活经验的缘故，她的诗反倒与一般意义上的"昭通诗群"和"云南诗人"有所区别，也与很多云南诗人的山地经验和乡村视角区别开来。这一区别的产生与其经验、性格、异想方式乃至诗歌和艺术趣味都密切关联。杨碧薇是一个在现实生活版图中流动性比较强的人，这种流动性也对应于她不同空间的写作。从云南到广西，到海南，再到北京，这种液体式的流动和开放状态对于诗歌写作而言是有益的。"一枚琥珀在我们的行李箱里闪亮，宛若初生。"（《立春》）与此相应，杨碧薇的每一首诗都注明了极其明确的写作地点和时间，是日记、行迹和本事的结合体。读杨碧薇的诗，最深的体会是，她好像是一个一直在生活和诗歌中行走而难以停顿的人，是时刻准备"去火星旅行"的人。杨碧薇的诗有谣曲、说唱和轻摇滚的属性，大胆、果断、逆行，也有难得的自省能力。无论是在价值判断上还是在诗歌技术层面，她都能够做到"亦庄亦谐"。"诗与真"要求诗歌具备可信度，即诗歌必然是从骨缝中挤压出来的。这种"真"不只是关乎真诚和真知，还必然涵括一个诗人的贪嗔痴等世俗杂念。质言之，诗人应该捍卫的是诗歌的"提问方式"，即诗歌应该能够容留"不纯""不雅"与"不洁"，从而具备异质包容力和精神反刍力。与此同时，对那些在诗歌中具有精神洁癖的人，我一直持怀疑的态度，因为可读性绝对离不开可信性。杨碧薇敢于撕裂世相，也敢于自剖内视，而后者则更为不易。这是不彻底的诗和不纯粹的诗，平心而论，我更喜欢杨碧薇诗歌中的那份"不洁"和"杂质"，喜欢这种颗粒般的阻塞感和生命质感，因为它们并未经过刻意的打磨、修饰和上蜡的过程。

麦豆是80后诗人中我较早阅读的一位，那时他还在陕西商洛教书。麦豆诗歌的形制自觉感越来越突出，这也是一个诗人逐渐成熟的标志之一。麦豆的诗中闪着一个个碎片的亚光，这些碎片通过瞬间、物象、人物、经验，甚至超验的形式得以产生不同的精神质素。这是一个个恍惚而真切的时间碎片、生命样本、现实切片以及存在内核。与命运和时间、世相命题融合在一起的碎片更能够牵引我的视线，这是跨越了表象栅栏之后的空地，也表示世界以问题的形式重新开始。在追问、叩访、回溯和冥想中那些逝去之物和不可见之物重新找到了它们的影像或替身，它们再次通过词语的形式来到现场。比如："去河边散步／运气好时／会碰上一位像父亲的清洁工／划着船／在河面上捕捞垃圾／而不是鱼虾／／运气再好些／会遇见一只疾飞的翠鸟／记忆中／至少已有十年／没有见到身披蓝绿羽毛的翠鸟／仿佛一个熟悉的词／在字典里／突然被看见／／但近来运气每况愈下／平静的河面上／除去风／什么也没有／早晨的雾气消散得很快／父亲与翠鸟／被时光／永远拦在了一条河流的上游。"（《河流上游》）这些诗看起来是轻逸的，但是又具有小小的精神重力。"轻逸"风格的形成既来自一个诗人的世界观，又来自语言的重力、摩擦力、推进力所构成的话语策略，二者构成了米歇尔·福柯层面的"词与物"有效共振，以及卡尔维诺的"轻逸"和"重力"型的彼此校正。"世世代代的文学中可以说都存在着两种相互对立的倾向：一种倾向要把语言变成一种没有重量的东西，像云彩一样飘浮于各种东西之上，或者说像细微的尘埃，像磁场中向外辐射的磁力线；另一种倾向则要赋予语言以重量和厚度，使之与各种事物、物体或感觉一样具体。"（卡尔维诺：《美国讲稿》）它们是一个个细小的切口，是日常的所见、所闻、所感，是一个个与己有关又触类旁通的碎片，是日常情境和精神写实的互访与秘响。这些诗的沉思质地却一次次被擦亮。

认识熊曼转眼也好多年了。那时她还在武汉一个公园里的独栋小楼里当编辑，参加活动与人见面交流的时候几乎没有超过两句话。记得有一年我去扬州参加活动，熊曼在吃午饭的时候到了饭店，拉着一个不大不小的行李箱。我饭后下楼的时候，总觉得一个女孩子提着行李箱会让男人有些不自在，于是我帮她提着行李箱下楼，然后又一路拉回酒店。那时扬州正值春天，但那时的扬州已经不是唐宋时期的扬州。过度消耗的春天仍有杀伐之心，诗人必须有强大的心理准备，当然还必须具备当量足够的词语场，也许对于每一个诗人来说夜晚都是形而上的。"每天清晨我都要打开窗户"，对于熊曼而言这既是日常的时刻，又是认知自我和精神辨认的时刻。诗人总是需要一个位置来看待日常中的我与精神世界的复杂而多变的关系。围绕着我们的可见之物更多的是感受和常识的部分，而不可见之物则继续承担了诗歌中的疑问和终极命题，"但我知道世界不仅仅 / 由看得见的事物构成 / 还有那看不见的 / 因此每天清晨我都要打开窗户 / 让那看不见的事物进来 / 环绕着我 // 仿佛这样才能安心 / 仿佛我是在等待着什么"（《无题》）。它们需要诗人的视线随之抬升或下降，也得以在此过程中认知个体存在的永远的局限和障碍，比如焦虑、孤独、恐惧、生死，"雨像一道栅栏 / 禁锢了我们向外部世界迈出的双足"（《初夏》）。在熊曼的诗中我们也常常遇到精神自我与日常家庭生活和社会景观叠加的各种镜像在一个人身上重组的过程，这是另一种社会教育，是不可避免的重复谈论的话题。任何一个写作者都会在诗中设置实有或虚拟的"深谈"对象，这是补偿甚至是救赎。情感、经验甚至超验体现在诗歌中实际上并无高下之别，关键在于它们传达的方式以及可能性，在于它们是否能够再次撬动或触发我们精神世界中的那些开关按钮。

康雪更为关注的是习焉不察的日常细节和场景所携带的特殊的精神信息。这些精神信息与其个体的感受、想象是时时生长在一起的。这是剪除了表象枝蔓之后的一种自然、原生、精简而又直取核心的话语方式。康雪的诗让我想到了"如其所是"和"如是我闻"。"如其所是"印证了"事物都完全建立在自己的形状上"（谢默斯·希尼），是目击的物体系及其本来面目，其更多诉诸视觉观瞻、襟怀，以及因人而异、因时而别的取景框。"如是我闻"则强化的是主体性的精神自审和现象学还原，是对话、辨认或自我盘诘之中的精神生活和知性载力。"最后一次在云南泸沽湖边的 / 小村子 / 看到一株向日葵，开出了 / 七八朵花 / 每一朵都有不同的表情 // 这是一种让我望尘莫及的能力 / 我从来没法，让一个孤零零的肉体 / 看起来很热闹。"（《特异功能》）确实，康雪的写作更接近"捕露者"的动作和内在动因。"在刚过去的清晨，我跪在地上 / 渴望再一次通过露珠 / 与另外的世界 / 取得联系 / 我想倾听到什么？"（《捕露者》）如露如电，如梦幻泡影。如此易逝的、脆弱的、短暂的时刻，只有在精敏而易感的诗人那里才能重新找回记忆的相框，而这一相框又以外物凝视和自我剖析的方式展现出来。康雪的诗中一直闪着斑驳的光影，有的事物在难得的光照中，更多的事物则在阴影里。这既是近乎残酷的时间法则，又是同样残酷的世相本身。"太阳对于穷人多么重要／在屋顶，我们能得到的更多／／并不会有很多这样的日子／可以什么都不做／一直坐在光照耀的地方——／／有三只羊在吃灌木上的叶子／我的女儿趴在栏杆边看得入迷／她后脑勺上的头发闪着光。"（《晴天在屋顶避难的人》）

　　林珊的诗歌不乏情感的自白和心理剖析的冲动，这代表了个体的不甘或白日梦般的愿景。而我更为看重的是那些更带有不可知的命运感和略带虚无的诗作，它们如同命运的芒刺或闪电本身的旁敲侧击，犹如永远不可能探问清楚而又令人恐慌和惊颤的精神渊薮。"父亲，空山寂寂，我是唯一／在黄昏的雨中／走向深山的人／为了遇见更多的雨，我走进更多的／漫无尽头的雨中／沿途的风声漫过来／啾啾的鸟鸣落下来／现在，拾级而上的天空，倾斜，浮动／枯黄的松针颤抖，翻转，坠入草丛／雾霭茫茫啊／万千雨水在易逝的寂静中破裂，聚集。"（《家书：雨中重访梅子山》）"父亲"代表的并不单是家族谱系的命运牵连，而是精神对话所需要的命运伙伴，就如林珊《最好的秋天》中反复现身的"鲁米先生"一样，他一次次让对方产生似真似幻而又无法破解的谜题，诚如无边无际的迷茫雨阵和寒冷中微微颤抖的事物。"雨"和"父亲"交织在一起让我想到的必然是当年博尔赫斯创作的《雨》，二者体现出互文的质素。"突然间黄昏变得明亮／因为此刻正有细雨在落下／或曾经落下／下雨无疑是在过去发生的一件事／／谁听见雨落下／谁就回想起那个时候幸福的命运／向他呈现了一朵叫作玫瑰的花／和它奇妙的鲜红的色彩／／这蒙住了窗玻璃的细雨／必将在被遗弃的郊外／在某个不复存在的庭院里洗亮／／架上的黑葡萄潮湿的暮色／带给我一个声音我渴望的声音／我的父亲回来了他没有死去。"这是迷津的一次次重临，诗歌再一次以疑问的方式面对时间和整个世界幽深的纹理和沟壑。猝然降临又倏忽永逝是时间的法则，也是命运的真相，而最终只能由诗人和词语一起来担当渐渐压下来的负荷。

我和李壮曾经是同事，日常相熟，他的评论和即兴发言都让人刮目相看，他一直在写诗我也是心知肚明。李壮还爱踢足球，但是因为我没有亲历，所以对他的球技倒是更为好奇。诗歌从来都不是"绝对真理"，而是类似于语言和精神的"结石"，它们于日常情境中撕开了一个时间的裂口，里面瞬息迸发出来的记忆和感受粒子硌疼了我们。在词语世界，我看到了一个严肃的李壮，纠结的李壮，无厘头的、戏谑的李壮，以及失眠、略带疲倦和偶尔分裂的李壮。"这个叫李壮的人／全裸着站在镜子里／我好像从来不曾认识过他。"(《这个叫李壮的人》)每一个人都是一个星球，也是一座孤岛。李壮的诗歌视界带来的是一个又一个或大或小、或具体或虚化的线头、空间和场所，它们印证了一个人的空间经验是如此碎片化而又转瞬即逝。这个时代的人们及其经验越来越相似而趋于同质化，诗歌则成为维护自我、差异的最后领地或飞地，这也是匆促、游荡、茫然的现代性面孔的心理舒缓和补偿机制。尤其当这一空间视野被放置在迷乱而莫名的社会景观当中的时候，诗人更容易被庞然大物所形成的幻觉遮蔽视线，这正需要诗人去拨开现实的雾障。速度史取代了以往固态的记忆史，而现实空间也正变得越来越魔幻和不可思议。在加速度运行的整体时间面前，诗人必须时刻留意身后以及周边的事物，如此他的精神视野才不致被加速度法强行割裂。凝视的时刻被彻底打破了，登高望远的传统已终止，代之而起的是一个个无比碎裂而又怪诞的时刻。《李壮坐在混凝土桥塔顶上》通过一个特殊的观察位置为我们揭开了一个无比戏剧化的城市密闭空间和怪异的具有巨大稀释效果的现代性景观。"古人沉淀于江底的声音在极短一瞬 / 被车流松开了离合 / 一只猫的梦里闪过马赛克花屏 // 也必然是在这样的时刻，李壮 / 会坐到未完工的混凝土桥塔顶上 / 坐到断绝的水上和无梯的空中 // 会朝我笑着打出一个响指 / 隔着39楼酒店房间的全密闭玻璃 / 我仍确信我听到了。"如果诗人对自我以及外物丧失了凝视的耐心，那么一切都将是模糊的、匆促的碎片和马赛克，一个诗人的精神襟怀和能见度也就根本无从谈及。所以，诗人的辨识能力和存疑精神尤为关键，这也就是里尔克所说的"球形经验"。"羞耻得像雪，就只应该降临在夜里 / 第二天当我推开门 / 已不能分辨其中任何一片被称作雪的事物 / 我

只能分辨这人世被盖住的／和盖不住的部分。因此雪也是没有的。"（《没有雪》）

　　高璨的诗，这是我第一次集中阅读。她的诗中一直有"梦幻"的成分，比如"月亮""星星""星空""梦"反复出现于她的诗中。但是更引起我注意的是那些通过物象和场景能够将精神视线予以抬升或下沉的部分，比如《河流的尽头》《静物》这样的诗。它们印证了诗人的凝视能力和微观视野，类似于"须弥纳于芥子"般的坛城或戴维·乔治·哈斯凯尔的"看不见的森林"，这也验证了"词与物"的生成和有效的前提。器物性和时间以及命运如此复杂地绕结在一起。器物即历史，细节即象征，物象即过程。这让我想到的是1935年海德格尔在《艺术作品的本源》中对凡·高笔下农鞋的现象学还原。这是存在意识之下时间和记忆对物的凝视，这是精神能动的时刻，是生命和终极之物在器具上的呈现、还原和复活。"从鞋具磨损的内部那黑洞洞的敞口中，凝聚着劳动步履的艰辛。这硬邦邦、沉甸甸的破旧农鞋里，聚积着那寒风陡峭中迈动在一望无际的永远单调的田垄上的步履的坚韧和滞缓。鞋皮上沾着湿润而肥沃的泥土。暮色降临，这双鞋在田野小径上踽踽而行。在这鞋具里，回响着大地无声的召唤，显示着大地对成熟谷物的宁静馈赠，表征着大地在冬闲的荒芜田野里朦胧的冬眠。这器具浸透着对面包的稳靠性的无怨无艾的焦虑，以及那战胜了贫困的无言的喜悦，隐含着分娩阵痛时的哆嗦、死亡逼近时的战栗。这器具属于大地，它在农妇的世界里得到保存。正是由于这种保存的归属关系，器具本身才得以出现而得以自持。"当诗歌指向了终极之物和象征场景的时候，人与世界的关系就带有了时间性和象征性，"物"已不再是日常的物象，而是心象和终极问题的对应，具有了超时间的本质。"在今天，飞机和电话固然是与我们最切近的物了，但当我们意指终极之物时，我们却在想完全不同的东西。终极之物，那是死亡和审判。总的说来，物这个词语在这里是任何全然不是虚无的东西。根据这个意义，艺术作品也是一种物，只要它是某种存在者的话。"（海德格尔：《艺术作品的本源》）

粗略地说了说我对这八位诗人粗疏的阅读印象，实际上我们对诗歌往往怀有苛刻而又宽容的矛盾态度。任何人所看到的世界都是有限的，而对不可见之物以及视而不见的类似于"房间中的大象"的庞然大物予以精神透视，这体现的正是诗人的精神能见度和求真意志。

在行文即将结束的时候，我想到其中一位诗人所说的：

你决定停止
早就是这样：你看清的越来越多
写下的，越来越少

2021 年 5 月于北京

目录

第一辑　路边妇人

003 ｜ 好时光

004 ｜ 无题

005 ｜ 照耀

006 ｜ 寻常的一天

007 ｜ 在乡下

008 ｜ 晨起照镜子

009 ｜ 面对一根枯木

010 ｜ 烈日下

011 ｜ 灵魂的历程

012 ｜ 美人们

014 ｜ 镜头记录下的

015 ｜ 漂亮的事物

017 奢侈

018 求诸野

019 花

020 今天

021 再近一点

023 泉水

024 单数

025 最后的诗

026 密林之花

027 公园散章

028 远房表姑

030 动人的女性

032 瞬间的事物

033 我重复着扔这个动作

034 消失

036 窗户在那儿

037 形而上的夜晚

039 海边岛屿

040 路边妇人

041 罗田板栗

043 妈妈

044 | 星期六

045 | 小手

046 | 江南

047 | 信物

048 | 读某人年轻时的诗

049 | 月光这么好的晚上

051 | 一个阿富汗女孩

052 | 异乡人

053 | 空中飞椅

054 | 同理心

第二辑　日落时分

057 | 野樱桃

058 | 日落时分

059 | 大海

060 | 美德

061 | 初夏

062 | 游戏

063 | 异地

065 | 湖边的一个下午

067 | 阴影

068 | 母子

069 | 星球一角

070 | 春天里

071 | 我想你但不想见到你

072 | 有时候我敞开内心

073 | 欢喜

075 | 我的心是一枚青涩果子

076 | 喜鹊夫妇

077 | 擦净的地板在反光

079 | 反常识的

080 | 我曾被那样的手握着

081 | 想你的时候

083 | 意料之中的事

084 | 它的花期很短

086 | 秋日郊外

088 | 栾树远远地站在对面

090 | 他喜欢一切甜的事物

091 | 童年

093 | 在一面朝南的阳台上

095 | 路的尽头

097 | 冬季的街道行人寥寥

099 | 它们都是好的

100 | 长久以来

101 | 气息

102 | 这些天

第三辑　给她的诗

105 | 留守

106 | 鹦鹉

107 | 分享

108 | 给她

110 | 秋

112 | 回溯

113 | 天暗下来

114 | 女人

115 | 甘蔗

116 | 如果

117 | 活着

118 | 周末

119 | 悲伤

120 | 井水

121 | 执着

122 | 写诗

123 | 此后她没有离开小镇

124 | 购物癖

125 | 未知的部分

126 | 不确定的事物

127 | 结局

128 | 谜

129 | 桌面上

130 | 当我分开它们

131 | 枇杷树

132 | 麻雀

133 | 野

134 | 在电影中

135 | 我们

136 | 一天

第四辑　雪的两种时态

139　意外

140　苹果园

142　没人能忍受永久的寂静

144　芒种

145　读一个人的传记

147　农妇的哲学

148　荷花不这样认为

149　暮晚

150　祖母昨夜来看我了

151　清白

153　某些时刻

154　喜悦

155　春日

156　新鲜的事物

157　沼泽

159　合唱

161　出太阳了，去田野走走

162　野花

163　谷雨

164 ｜ 挽歌

165 ｜ 局部

166 ｜ 她们

168 ｜ 雪的两种时态

169 ｜ 田野颂

170 ｜ 安全距离

171 ｜ 宿命的雨

172 ｜ 一场雪就要落下来了

第一辑

路边妇人

好时光

好时光是高处的玉兰开了

低处的婆婆纳也开了

心里有什么东西

装得满满的

就要溢出来

嗓子有了歌唱的想法

而手自然地垂落

在一旁安静地聆听

脚不再被什么驱赶着

疲于奔命

而是踩在泥土上

感受着土地的呼应

目光在茫茫人海中

一万零一次投出去时

你恰好出现

无题

每天清晨我都要打开窗户

让新鲜的空气进来

尽管我在房间里

独自度过许多时日

没有谁比这些墙壁、桌椅

镜子更了解我

但我知道世界不仅仅

由看得见的事物构成

还有那看不见的

因此每天清晨我都要打开窗户

让那看不见的事物进来

环绕着我

仿佛这样才能安心

仿佛我是在等待着什么

春天来了

但愿你不是那个

将门窗紧闭的人

照耀

玉兰的花瓣掉了一地

那样的白散落在草丛中

如小面积的

月色，天真和良心

让无意中碰到的人

目光会轻轻战栗一下

那个战栗的人已不再年轻

还穿着去年的旧衣裳

每走一步都小心翼翼

尽量不踏及低处的事物

但仍然避免不了

被更高处的事物碾轧的命运

肉体在加速折旧

泪水也越来越少

但不是没有

"仍需忍住悲伤"

像春天忍住雨水

植物需要更多的照耀

寻常的一天

散步时鸟粪落下来

弄脏了我的白色外套

但我不再感到沮丧

有一段时间了

我感到体内有什么正在发生

正在消散，像水消散于空气

在我的胸腔留下干燥

鹅卵石路面，金黄色菊丛

远处的圆拱形屋顶

被阳光涂抹得发亮

令人感到愉快

这样的时刻不会太多

我选择从阴影中走出来

主动暴露在阳光下

并接受了它附赠的色斑

在乡下

那里是最后的

未被科技完全占领的地方

时间长着一副泾渭分明的面孔

光明与黑暗互不侵犯

一种寂静在山岗上墓碑般站立

河水在远处闪着冰冷的光

野草疯长，间或从中

伸出几朵生动的小花

鸟儿们向着落日飞

落日被一种力量拖拽着

掉下树梢、山峦、地平线

最后消失，黑暗疯了般包围过来

它又冷，又神秘

带着生人勿近的气息

昭示一种新的秩序就此诞生

那里面有一个世界正在形成

而人间的声音被迫低下去

直至消失

晨起照镜子

有一刻她确信自己是美的

刚睡醒的肌肤发着光

额头、眼睛、嘴唇发着光

仿佛肉体下面

供奉着一尊发光的菩萨

这是一天之始

天气温柔，鸟鸣悦耳

露水蛰伏于花朵之上

太阳还没出现在对面屋顶上

她知道这些是要交还出去的

这光芒，光芒下面奔涌的水

天气很快炙热起来

喧嚣驱赶着喧嚣

一个人在漫长岁月中

孤独地发光一千次、一万次

并最终黯淡下去

像枯荷裸露于冬日的旷野

那黑色是最后的真相

灼华诗丛／形而上的夜晚

面对一根枯木

想象它生前的样子

茂密的样子

枝丫托举着鸟巢的样子

叶子掉光以后

树干笔直指向天空的样子

用最干净的语言赞美它

把它当成一个男人

抱着它说会儿情话

在雨天蜷缩在它的浓荫里

并被那浓荫所抚慰

它没有手

不能拥谁入怀

只有一颗被囚禁的木质的心

散发着洁净和芳香

吸引着那些会飞的事物

它的根就扎在

那片开满野花的草地下

烈日下

树木保持长久的站立

像修行中的僧人

人类躲在自己建造的房子中

房子被迫替人类受难

空调在夜晚发出

超负荷的噪声

许多耳朵被迫醒着和离开

去关注自身以外的事物

遥远的事物

只有孩子不受影响

他们吃完草莓味的冰激凌

还想吃香草味的

吃完西瓜还可以吃葡萄

只要夏天在继续

甜蜜就在继续

孩子专注地享用着它们

仿佛苦涩从未降临

灵魂的历程

一些夜晚被我浪费掉了
犹如一段路，被我用惯性走过
不用思考，熟视无睹
只需附着于它平滑的表面

闻不到花香，也听不到鸟鸣
时间仿佛沉入深海
人在睡眠中
发出溺水者的挣扎声

另一些夜晚，我在文字或电影
构筑的时空里，停留或奔走
灵魂历经波折，泪流满面
终于心满意足地醒来

美人们

小区门口渐渐嘈杂起来

老女人，正在老去的女人

和鲜嫩的女人挤在一起

卖玻璃丝袜、手工包子和鲜花

疫情已持续五个多月

美人们纷纷走出家门

笑着招徕顾客

购买她们廉价的商品

世界不会拒绝一个美人

当她们站立在那里

她们身后就站立着呻吟的老人

垂头丧气的男子

嗷嗷待哺的婴孩

在更多的地方

更多的美人正走出家门

走进高楼大厦

走进铅灰色的原野和雨水中

走进历史的褶皱里

镜头记录下的

苜蓿花田里
男童摘下其中一朵
放进嘴里咀嚼着

深秋的田野上
喜鹊拖着受伤的翅膀
踉跄着，一边啄着草籽
一边等待属于它的命运

就在刚才，一条狗
止步于一丛青草前
嗅着，舔着，品尝着

在特定环境下
肉食动物也有吃草的冲动
而一棵草、一朵花
则拥有疗愈一切的本能

漂亮的事物

那对母子再次路过时

儿子再次停下来赞叹道

看，里面的花好漂亮

房子好漂亮

滑滑梯好漂亮

好想进去摸一摸

可是铁门锁了，妈妈

我想去这里上学

母亲再次面露难色

拉着他匆匆离去

她再次感到了羞愧

为那些过于漂亮的事物

它们总是平白地

让人生出羞愧之心

但她不能说漂亮是错误的

事物本身没有对错

年幼的他暂时不会明白

当他长大

更多漂亮的事物

将守在他必经的路口

他必须学会视而不见

奢侈

当一大片田野被安置在窗外

整个春天我得以偶然地

参与它的生长

目睹它一点点

从荒芜到美好的样子

从点到面，从面到片，从片到无穷尽

我说的是野花

它们如油画一般鲜艳

如历史一般悠久

我感受到一只手

在暗中指挥调配着它们

但我看不到它

因为不甘心

整个春天

我更加目不转睛地看着窗外

不愿意错过一丁点变化和声响

有时我会走进去

在它们中间坐下来

求诸野

一个穷人的晚年愿望

是回到乡下种菜，养花，终老

一个富人也如是

仿佛那里是最后的乌托邦

仿佛人们默认了

天下虽大，但只有那里

才会容纳一个失意的人

仿佛只要有一块地就够了

即使是一块荒地

也可以生长希望和埋骨

仿佛人们劳作了一辈子

就剩下这么一个简单的愿望

因为这愿望

支撑着他们

心甘情愿地咬着牙

在异乡坚持着

度过了卑贱的大半生

花

"一个人心脏的大小就是拳头的大小"

书上是这么说的

于是我把五指并拢

蜷缩起来，握成拳

发现它太小了

"成年人的血液平均每分钟循环一次"

这个工作由心脏来完成

想到我的小心脏日夜不停地工作

就不禁为它担心

它那么小

能装下的事物一定不多

但依然有一个角落

是留给你的

每次血液流经那里

你的名字就会被浇灌一遍

鲜艳地，醒目地

并列摆在一起

像两朵妖娆的花

今天

今天的月亮比前天明亮

今天的花比昨天憔悴

今天的我不是从前的我

从前、今天和未来

构成我的全部

但全部是什么样子

只有天知道

我们素未谋面但滔滔不绝

多好啊，亲爱的陌生人

你站在窗前向外看时

我也正在远处

看着你的局部

月亮幽幽挂在天上

月光会替我抱抱你

再近一点

长日寂寂，那个书生告诉我
他在吃茶，喝酒，走神
我读"山有木兮木有枝……"
眼前浮现他的脸

他在翻阅一本旧书
我在小区花园疾走
晚风徐徐，空气中流淌着
软糯温柔的气息

我们之间，隔着一轮明月
还能再近一点吗？
再近一点，就触到他的眉眼了
再近一点，就嗅到
他唇齿间的烟火气了

再近一点，他的目光就像探照灯
在我身上射来射去

我就会低头痴痴笑着

身子扭来扭去

哎呀，不能再近了

泉水

能被说出的都流于肤浅

说不出的

就变成石头压在心底

被流水日复一日地冲刷

最后变成亘古的烈日、流云和清风

笼罩在头顶

想念一个人时

他就是烈日、流云和清风

在山顶你曾靠近我

像一条鱼靠近另一条

互相吞吃对方吐出的泡泡

我灼热的身体

逐渐平静下来

宛如啜饮着清凉的泉水

单数

像马被重新安上马鞍

花被重新插进花瓶

我又回到这里

我的双腿在大街上机械地移动

穿过地铁站、商店和纹丝不动的风

重新成为人群的侧影

世界太满了

人的眼睛和耳朵无处安放

我又回到这里

成为一个单数

但心还停留在别处

它像一个饥渴的孩子

还留恋着舌尖上的一丝甜蜜

那是你给的

现在它将被造物主收走

日光明亮但已是初秋的日光

我的心将重新陷入

一轮空茫的寂静

最后的诗

当一个人足够老，老到只需要
空气、水和食物就能活下去时
身体会轻快许多吧

可今晨路过玫瑰时
我依然忍不住嗅了它的香气
看到溪流，就想把手伸进去

玫瑰被广泛种植，并非它本意
溪流因终日流淌，而保持清澈

什么都在更新的年代，唯有信念在折旧
我真正担忧的，是失去对玫瑰和溪流的渴望

密林之花

有些花选择在密林中开放

一生不被人看见

只有寂静才有资格做它的邻居

那时候她还小

相信密林中的花朵

比别处更美丽、脱俗

为此她忍受着对寂静的恐惧

一次次去往密林深处

只为目睹那寂静中的燃烧

把手伸向它

抚摸它的茎和叶

快乐轻易就能得到

为了摘取更多的寂静

每年四月她走向林中

浑然忘记此行的目的

是去看望密林中的故人

公园散章

鱼群在水面下等待喂食

当人群靠近时它们又散开

鸽子白白胖胖

终日往返于鸽舍与游人之间

幸福是眼前的食物

不幸是后面蠢蠢欲动的手

一些树必须在春天开花

如果不这样它们会担心

被世界遗忘

另一些则不在意这些

它们安静地生长和落叶

在视线之外度过一生

远房表姑

灼华诗丛／形而上的夜晚

我将之写进这首诗里

是因为在我记忆力旺盛的那几年

她被人们绑在舌头上嚼来嚼去

在乏味的乡村午后

她是最佳零食

当一个人还是小女孩时

就道听途说了另一个人

被作为反面教材的一生

仅因为她活得过于肆意嚣张

这凸显了旁人的虚伪和压抑

于是一种古老的训诫

在不知不觉中由一群人

对一个小女孩完成

而当事人浑然不觉

一种秘密的连接

早已在他们之间诞生

一个人就这样成为另一个人

想象中的对立面

直到多年后其中一个老去

另一个有了拨开迷雾的能力

这连接才消失

动人的女性

纪录片中，九十六岁的叶嘉莹

眼眸清澈，简朴度日

从民国走出的少女

一朝推开诗词大门

从此心无旁骛

沉迷于古老的平仄、韵律

为一花一叶凝眸

为一词一句注解

所到之处，将诗词的种子

一点点撒在路边

等待春风吹又生

想起曹公笔下的香菱

命运如明珠蒙尘

被数次倒卖，与人做妾

于泥沼中仍记得时时抬头

凝望天际的月亮

寒夜里就着词语的火光

取暖，如痴如醉

尽管是"掬水月在手"

但亦得到过片刻慰藉

并将这慰藉传递给后来者

她们都是动人的女性

瞬间的事物

幼童张开双臂从小路尽头跑来

一头扎进母亲怀抱

少女在花树下拍照

面容秀美，神情骄傲

情侣在灯下交谈

互相投去温情脉脉的一瞥

时间的脚步轻轻经过他们

不做停留。很快

幼童唇边冒出胡楂儿

少女脸上生出皱纹

情侣分开不再相见

瞬间的事物成为彼此的永恒

被保存在小路尽头

花树下和温情脉脉的凝视中

只是那时那刻

置身其中者浑然不觉

我重复着扔这个动作

我重复着扔这个动作
把僵硬的，束缚行动的扔掉
留下柔软朴素的
也有扔不掉的
也许那是命里该有的

一天又一天，一年又一年
我重复着扔这个动作
旧物越堆越高
新的事物在到来的途中
记忆在堆积，在闪烁
日子在持续，在向终点靠近

消失

一只野兔在男人劳作间隙
闯入他的视线而后被俘获
它被作为玩具
送给一个小女孩

男人把兔子交给她就离开了
田里的活计永远在等待他
田里的活计永远干不完

喜悦那么短暂
只持续了一个下午和一个晚上
第二天小女孩醒来
发现笼门被打开
兔子消失了

没人知道兔子去哪了
它出现在
她玩具贫乏的童年时代

然后迅速消失

仿佛一个美梦草草结束

她醒来，有点不情愿

却牢记着梦里的情景

弥漫着青草味的下午

大伯、兔子，以及兔子眼里

清澈而警觉的光

那个光彩熠熠而甜美的女孩

窗户在那儿

一小时，一天，一年
雨淋在上面，风吹在上面
阳光照在上面，雾霾流经它

曾几何时，窗户不再映照洁净和光明
人们在旁边走来走去
推开，又关上它

它布满尘垢的身体，发出痛苦的
独属于窗户的嘎吱声

它在等待一块抹布
一双轻轻擦拭它的手

形而上的夜晚

女人放下堆积的脏衣服

和孩子的无尽要求

与另一些暂时离开

竞技场的男人

一起来到这个夜晚

在夜晚的树下相聚

吃喝，谈论着

与现实无关的话题

空气中爆出阵阵欢笑

他们看向她的目光

让她觉得自己

是一朵正在开着的什么花

离凋谢还有段时间

头顶上老树在结果

果子因苦涩而无人问津

月亮挂在天幕

那样的圆满饱含着拒绝

却吸引人们频频抬头

像眺望一个梦

海边岛屿

人们在古建筑前停留
吃刚从树上摘下来的香蕉
在沙滩上比赛捡拾贝壳

对一群陆地来客而言
海是新鲜的
岛屿上的生活也是
像妇人手中兜售的椰青

如果不去注意她们的目光
目光下面的平静与忍耐
我几乎真的这样认为

她们的男人驾驶着三轮车
在人群中穿来穿去
热情地招徕着游客
几乎不去看眼前的海
仿佛那是一头大象或别的什么

路边妇人

她显然是不美的

女人该有的资本她都没有

乱糟糟的头发

因常年日晒而布满雀斑的脸

被鲜艳的草莓

衬托得黯淡的手

但我还是一次次走向她

在三号线地铁口

在一月冰凉的空气中

因为她种的草莓

又大又甜又便宜

因为她说话时

坚定又自豪的语气

像极了老家的某种树木

那种坚实与笃定

那向四周伸开的长长枝丫

以及她正在庇护的生活

罗田板栗

我去过罗田

爬过那里最高的山

但不是在秋天

现在我吃着罗田的板栗

它是甜的，接下来很多年

我还将吃着它

我吃着它，却遥想着

没有吃到的那一部分

长在罗田深山中

只被寂静和鸟鸣

环绕着的那一部分

没有被去掉尖刺

跨过省道、县道和山道

被挤压、磕碰的那一部分

它不同于我手中的这一颗

因为没有经历这些

它的内心依然是

饱满而完整的

妈妈

她在灶台边，田野上，灯光下
走动着
身体有了佝偻的迹象

她在夜里合上眼皮睡去
又被一些声音惊醒
扶着沉重的额头

她的手总在忙碌，搬运着什么
有时是一兜白菜
有时是几个果子

三十年了，她受的苦没有变甜
还在继续发酵
并结出沉甸甸的果实

挂在树上，抬头就能看到

星期六

只有周末她才能做回自己

把花搬去阳光下

抹去事物表面的灰尘

让生活恢复洁净的样子

让睡眠缓慢着陆

把梦做得悠长一点儿

这时她是一条深海鱼

乐意被全世界遗忘

尽管都是些小事

改变也只在房间内进行

但她认为应该如此

因为房间里不知何时

多出来一条小鱼

在她身后游来游去

他那么快乐和天真

看到什么就相信什么

小手

虚空中我握住一只递过来的小手
它是软的，温热的
像只怯怯的小鸡
寒冷中它的存在令人感动

很多年，没有人把手递向我
我的手只好空着
渐渐也就习惯了

现在，我握住它端详着
真是一只神奇的小手
每天都以看不见的速度膨胀着

很快，我的手将不能覆盖它
它将从我的手中抽走
而我只剩下怀念
很多人都曾拥有这样的小手

江南

江南如此辽阔
而我了解的部分实在有限
比如，在那里出生，长大
并渐渐衰老的你

当你走向我，就是一座
微型的江南在走向我
当你看向我时，就是一截
古运河的流水在看向我

它宁静，清澈，一眼望不到底
与我见过的其他河流都不同

你喉管中欲言又止的部分
约等于江南曲折幽深的巷道
我曾短暂抵达，又离开

信物

它只在良人之间进行
一枚戒指或一条项链
被他轻轻套在
她的手指上，颈间

十指连心，脖子通往心脏
都关乎心灵与道德
它务必要坚硬一点
能够持续发着光

生活，是一个圈套
连着一个圈套
但，如果加上一些光芒
一切看上去就都不一样了

读某人年轻时的诗

看那些强烈的情感

如露珠在荷叶上滚来滚去

担心它们会掉下来

它们迟早会掉下来

但不是现在

现在我站在池塘边

为露珠的干净和鲁莽着一会儿迷

想起从前的岁月

有点怀念，像一朵花

怀念自身的香气

月光这么好的晚上

我在它的下面走着
准备去往一处人工花园
那里有一大片草地
上面的草还是茂密的

我的目光掠过行道树高大的树冠
又滑落至地上浓重的阴影时
心里泛起一丝疑惑

从什么时候开始
我不再反感"整齐"这个词
任由它辖制下的各种事物
出现在我的生活中

那些树木的家乡不在这儿
我的也不在。我想起你
从小目睹着那些事物长大
与我目睹过的不同

很快我就到达目的地

一片茂盛的草地

上面三三两两的花儿开着

我想去那儿和你通电话

一个阿富汗女孩

她出现在新闻照片中
鼻子部分被割去，只余两个黑洞
炸弹般掷向世界

她的眼眸又如此明亮
勇敢地看向世界
并接下世界递过去的疑惑和惊恐

这是八月，我在古老的东方
看到的另外一幕
女人们行走在紫薇花盛开的空气中
露出清凉的背部和脚踝

阿富汗女孩也有背部和脚踝
它们白皙，洁净
被包裹在漆黑的长袍中
不允许被露出来

异乡人

异乡人走在凌晨四点的街道上
天上没有星子，地上只有微弱的光
海在不远处翻涌着，发出巨吼

她来到海边，站在一块礁石上
她的脚与礁石摩擦着
感受着它粗粝又温和的部分

她的眼睛被渐渐明亮起来的光线
充满着，照耀着，几近失明
但她的心里是愉快的

在她不再年轻的这一天
她出现在这儿，带着对生活
深深的疲惫。出现在这儿
这很重要，她对自己说

空中飞椅

因为我的心不够安定
暂时没有合适的容器接纳它
所以它不能长久地待在某地
那会让它感觉孤寂

因为还有飞翔的愿望
在这个黄昏我辗转登上
一架空中飞椅
体验那属于鸟类的欢乐和痛苦

我的双手紧紧抓住绳索
眼睛看向曾经熟悉
而此刻陌生的地面
（一只张开大嘴的绿兽
随时准备吞噬人的肉体和意志）

我的心在又一次的无所依恃中
再次闭上眼睛

同理心

在夏日穿过一片被砍头的樟树林
被强烈的白光照射着
皮肤感受到灼热
才开始怀念树林从前的样子

经历过生育之苦
陪伴那个瘦弱的孩子
一点点长成茁壮的样子
才理解"母亲"这个词的分量

从前认为衰老是一件自然的事
无须给予关注与体谅
直到一个人在夜里持续醒着
与周遭的黑暗格格不入
才明白衰老意味着什么

第二辑　日落时分

野樱桃

卖樱桃的人在路边左顾右盼

他的衣着和皱纹已经陈旧

为了配得上新鲜的生活

他踩着清晨五点钟的露水

倒了两趟公交车出现在这里

小个子的樱桃待在沧桑的竹筐中

红润中透出懵懂的黄

阳光直射下来，甜美在发酵

上午十点钟的人潮如过江之鲫

它的脑袋有点发晕

胸腔里发出了低低的叹息

这叹息被来自田野的人听到了

她停下脚步，卸下麻木和惯性

有那么一刻他们互相打量着

竟有似曾相识之感

日落时分

我走进一家水果店，是我常去的那家
货品的摆放与货架之间，有某种天然的默契

一日将尽，我不能容忍自己两手空空
走进家门，总得要买点什么
安慰自己顺便也安慰下生活

当我出现在这里，在一堆水果之间
挑挑选选（生活可供选择的余地已不多）
我确实感到一阵，短暂而爽利的自由

也许我不是迷恋水果本身
而是爱上了选择的感觉

大海

大海容纳了游艇、捕鱼船、尖叫
粗大的锚和来历不明的垃圾

容纳了一对外地夫妻贫贱的爱情
他们漂泊半生，直到在海边安顿下来

容纳了落日下攒动的人头，空瘪的肚腹
在捕鱼船归来的时刻，爆发出欢呼

还有什么是它不能容纳的？当我两手空空
来到海边，作为沧海中的一粟

也只是为了看看，那种一览无余敞开的美
一种可供日后回味的心惊

美德

我有一柜子衣服，随年龄和季节变化而增减
柜门打开又合上，耗尽了多少日夜

在我眼里，它们并非冰冷、没有感情的织物
挑选它们时，我至少动用了眼睛、大脑和手
看，思索和触摸，过程耗尽了多少智慧

白天，它们抱着我的肉体在尘世行走
一朵缓慢移动的花，在时间的森林里自生自灭

夜晚，它们囚禁着一团人形空气
在忍耐中静静睡去，像一柜子谦卑的美德

初夏

一整天我们待在室内，雨像一道栅栏
禁锢了我们向外部世界迈出的双足

这样的时刻并不多，宜节制欲望
吃简单的食物，或翻阅一本旧书
借雷声敲打内心的律动

也可临窗而立，看雨水洗濯过后的树冠
如何由浅入深，焕然一新

意外是雨雾中着黄衫的骑手
他冒雨奔突的样子，茫然而淡定
像自远古穿越而来的邮差

游戏

我给他居所、食物，按照我的喜好为他装扮
送他去学校接受教育（也可能是另一种禁锢）

做完这些，我领着他来到人前接受参观
仿佛那是我的另一枚标签

他送给我他的画（由简单的线条组成）
入睡前的吻；紧紧牵着我的手
（那手曾不止一次被我甩开，又摸索着探过来）

我曾为此暗暗得意：看啊，他需要我
孩子离不开他的母亲

我满足于这被需要和信赖的游戏
日复一日，用来喂养生活的虚空

当我在尘世奔走，目光不再清澈
想到游戏还在继续，我就不能停下

异地

为了看清自己的处境

有必要暂时从生活现场撤离

借助交通工具去往异地

那里月光很美，空气清新

水流更肆意畅快

人们的肤色、表情、语气、穿着

都有可体悟之处

在异地，人像融入河流的水滴

会遇到比自己

更美丽、豁达、勇敢的水滴

也会遇到比自己更可怜可叹的水滴

他们的现状令人唏嘘

无法真正融入异地

在你和人群之间

隔着一层透明且坚硬的东西

看不见却莫名其妙存在着

也可称之为命运

湖边的一个下午

要穿过一排肮脏的小店

才能到达湖边

被生活用旧的妇人在剁猪肉

动作熟练且麻木

一只花猫在旁边静候着

这是日常中容易被忽略的部分

一艘船泊在湖面上

斑驳的船体显示它已被遗弃多时

树在发芽，花在开

空气中有花粉私相授受的气息

无意义的风从湖面吹过来

带来水汽和凉意

鱼跃出水面，引来飞鸟盘旋

更细小的虫子在树叶间穿梭寻觅

一棵树孤零零地站在湖边

自它诞生那日起就如此

天地不言，但动静更替

以有形或无形之物

以色声香味法示人

生命的本质是活着或死去

孤独或繁殖

阴影

她在四月的树荫下，反复听一首歌
想着最近发生的事情，依然没有头绪

树林外落满明晃晃的阳光，万物各就其位
她在阴影中待着，与万物怅然相望

每当靠近阴影的边缘时，她便条件反射般
折返，重新回到阴影中

一部分春天就这样度过：她头顶繁花
和不规则的阴影，并不急于回到阳光中去

母子

小男孩在客厅玩耍

不时将目光投向厨房

那里，他的母亲忙碌着

脸色像放置了一段时间之后的柠檬

一天中的某个时辰

她无意中瞥见

杨柳抽出了新叶

闻见鸟鸣由远及近

她的鞋子沾染了灰尘

她想擦拭

但又有了换新的念头

现在她不得不待在厨房里

并告诫自己专注于

手中的刀刃

将那些轻浮艳丽的事物

暂时挤出脑中

星球一角

床头柜上摆放着书和台灯
窗台上生长着绿萝和铜钱草

手机充电器每日与主人耳鬓厮磨
她不喜欢它，但需要它

一个人的名字被囚禁在密室里
每日取出摩挲一遍，他并不知晓

果子在窗外枝头，三三两两挂着
丰收的时刻远未到来

没有风，世界便陷入黏稠状态
一种秩序固若金汤

活着需要耐心。在秋天到来之前
在天气凉快下来之前

春天里

垂钓者把线甩到树上以后
就离开了，树枝很高
被遗弃的线
垂下来，诱饵留在空中

我来到湖边时，它钩住了一只鸟翅
鸟在湖面上作徒劳挣扎
我在树下看到这一幕
树枝很高，湖水静默

很多年里，它在我的耳畔悲鸣
其声哀伤，双翅奋力划开空气
它决意要在春天里
把无常指给我看

我想你但不想见到你

在不安中感受眩晕

比在静止中感受禁锢有趣

良家妇女体内

也有一颗毛茸茸的心

她为它感到苦恼

世界在喧嚣之后复归寂静

那夏日午后池塘上面

密不透风的寂静啊

令人有想打破的冲动

漫长一生中

需要有几个影子

映照出人的孤寂

顺便满足对于完美爱情的想象

真实生活像高速公路

冗长，平坦，一眼望不到头

人们打起精神在上面行驶

偶尔把头转向窗外

有时候我敞开内心

有时候我敞开内心

像摊开一堆谷物

秋日午后的阳光烘烤着它

温暖着我

也抚慰了你的眼睛

这是我期待的时刻

有时候我卷起内心

像青菜卷起它的叶子

我还没有想好

是否交出它

像田野交出一朵花

幽谷交出一段溪流

世事纷扰，白云聚散

迎面而来的

是心心念念的故人

还是一阵浪荡的风？

欢喜

两手空空之人

傍晚回到出租屋

一个孩童跑过来

挨着她坐下

用并不流畅的语调

讲述一日的见闻

他讲有个小孩摔倒后哭了

他去扶了她一下

人摔倒了应该有人去扶一下

他讲喷泉里的水

喷到天上又摔下来

花池里的花又开了

话音未落他先笑了

他的手灵巧又笨拙地摩挲着她

一下一下摇晃着她

带来轻微的眩晕

她看到他的脸

逆光中有一层细细的绒毛

像一枚青涩果子

让人忍不住

有咬一口的欢喜

我的心是一枚青涩果子

它还不想属于谁

不想被谁摘下

装进口袋带回家

它只想在树上待着

即使被虫叮

留下不规则的疤痕

即使被雨淋又被太阳烘干

唯一感到羞愧的

是被一个幼童

深深地注视和觊觎时

可是秋天还没有到来

只有风轻轻吹着

摇动树叶和白色纸片

大多数时候没有事情发生

没有事情发生的一天是平静的

它睡着了

在梦里一点点褪去

白色绒毛

喜鹊夫妇

雄喜鹊在地上觅食时

雌喜鹊在高处守望

雌喜鹊在地上觅食时

雄喜鹊在高处守望

遇到危险时

则两鸟相携着飞走

多像是爱情

在我生活过的地方

麻雀总比喜鹊多

麻雀喜欢成群出现

而喜鹊总是成双成对

出现在任何它们愿意出现的地方

如果感到危险就离开

动作敏捷又俏皮

向着树林深处

它们的巢穴飞去

只留下树叶在空中轻轻颤动

擦净的地板在反光

那上面一个孩子抱膝而坐

在看动画片

他吃饱了也喝足了

尚不知愁苦的滋味

如果无人来打扰

他会一直看下去

他的母亲在翻一本旧书

那里有亭台楼阁

繁花掩映的小径

人们的胸腔里

装着蛛网般密集的心思

她忽然倦了

扔下书去看一朵雏菊

不远处米粥在锅里翻滚着

开出一小朵一小朵白色的花

古老的香气

作为令人心安的源头

让人想起秋天、劳作和母亲

反常识的

草莓在三月成熟

西瓜在七月

这是我所信奉的常识

来源于我曾经的田园生活

目睹过一株株幼苗

如何在特定的气候和土壤中

结出肥美的果实

目睹了过程的缓慢

收获的喜悦

如今我在远离泥土之地

过着反常识的生活

在清晨或黄昏的菜摊前心怀踌躇

看看这个摸摸那个

发现每一样蔬果

都有一张模糊的脸

每一张都似曾相识又来历不明

这不是我一个人的忧伤

这是全人类的

我曾被那样的手握着

被那手上的冰凉握着

枯瘦的现实令人好奇

是什么取走了它

曾经的形状和温度

在时间的边缘

它端起过锄头和酒杯

啜饮过爱情的甜美和苦涩

在冬日的池塘边

浣洗过一家人的脏衣裳

为熟睡中的孩子掖过被角

并摸摸他的小脸

俯身印上一个吻

没有人记得那些细节了

那些沙砾般结实、光滑的瞬间

正从这手中一一坠落

如今它奄奄一息

作为主人向这世界告别的载体

在夜海中独自航行着

即将没入无边的黑暗

想你的时候

我卷起袖子开始和面

像你一样把白砂糖

倒进黑芝麻里

让糖的甜渗进芝麻的香

包子做好后需要放一放

等待它一点点松软，鼓胀起来

再放进蒸屉

像一个人的思念

从干瘪到饱满的过程

水开始沸腾时

我就站在云里雾里

想你当年也是这样

双腿酸胀目光安宁

你一会儿看看蒸笼

一会儿看看堂屋

那里有三副无辜的雏喉

喜欢跟在你身后

巴巴地喊奶奶

屋外香樟树上

一只蝉声嘶力竭地叫着

无人知道那是它最后的夏天

意料之中的事

小乌龟在清晨死去

这是意料之中的事

春天时人们从外面带回它

有时喂它清水、饭粒和虾肉

有时什么也不喂

当它被遗忘时

约等于一团静物

默默承受着作为玩偶的命运

直到秋天来临

直到它死去

两只前爪依然保持向上攀爬的姿势

那永不屈服的姿势

它被人从水中捞出

留下一只玻璃缸在桌面上

空空的玻璃缸

从前生活过水仙、金鱼和乌龟

如今盛满

椭圆形的空气

它的花期很短

一生中的某些时刻

我会站到那棵树下

喏，就是那棵正在开花的桂树

它的花朵密密匝匝的

看得出来

它在加速透支着自己

它的花期很短

应该值得被谁珍惜

每天我从树下经过

有时停下脚步嗅嗅它的香气

有时我在树下吃苹果

平时五分钟能吃完

这时需要十分钟

更早以前我在树下接听电话

听筒里的声音

带着远方的晴朗和吱吱的电流

进入我的耳膜

让我的脸颊有点发烫

我的影子在身后甩来甩去

像一条芬芳而无奈的尾巴

秋日郊外

这里有一大片并不鲜艳的草地

它是真实的

人的脚步踩上去

能感受到绵软的质感

这里有静默的湖水

水汽从湖面升起

有两个孩子在草地上

追逐着肥皂泡

简单的事物令他们快乐

那快乐曾被我们拥有又丢弃

有一棵高大的枫树

举着青黄相间的叶片在山顶

它是万千视线的焦点

但看上去有些孤独

除此之外我的视线里别无他物

只有风吹过草尖

送来地底下的气息

地底下有什么

那气息如此神秘、荒凉、庞大

以至于没有事物可以绕过它们

人置身其中会忍不住

交叉双臂，按捺住

轻轻战栗的肉体

栾树远远地站在对面

它们并排站立的样子
像一把把撑开的大伞
伞面上缀满了
粉色的花朵或回忆
一些事物更适宜远观
当你走近会发现
它的花形不够优美
颜色不够艳丽
果实不可以果腹
当清晨的汽车载着你离去
开启一天匆促的生活
黄昏的光线追赶你
回到某处逼仄的窗口
你记住了这一刻
栾树远远地站在对面
在一排白色栏杆
或一片波光粼粼的湖水后面
在伸手不可及的地方

像一个甜美而恍惚的梦

静静地接受你的注视

第二辑　日落时分

他喜欢一切甜的事物

他喜欢一切甜的事物

糖果，蜜饯，巧克力

人们藏起来他就找出来

再藏，再找

永远难不倒他

他还喜欢拥抱和亲吻

仿佛拥抱和亲吻也带着甜味

他会不定期来索取

被索取方只好随身携带

一只巨大的储糖罐

以备不时之需

相反的是，他讨厌一切

苦味的事物

苦瓜，苦菊，苦泪水

有时他的妈妈哭起来

他就为她擦掉泪水

别哭别哭，我给你一颗糖吃

童年

那儿有一栋灰色建筑矗立在路边

它不算太新也不算太旧

那儿有老人和孩子

老人还不太老

孩子还不急于长大

有一大片田野环绕着他们

有紫云英在风中开放

没有人去花丛中拍照

它们得以寂静，完整，生机勃勃

那儿有孩子牵着牛去田埂上吃草

露水打湿了她的裤管

苍耳将她的手背划破

她没有哭泣

她的牛永远温驯

身上永远沾着湿润的黄色泥块

永远有来历不明的牛虻在吸它的血

她去河边洗衣裳

对岸几株蔷薇在开放

那样的鲜艳几乎要将人的目光点燃

她久久地注视着它

心里既渴望又迷惘

在一面朝南的阳台上

我曾把一本诗集摊开

轻轻放在膝盖上

尽管作者已离开人世

但白纸上的黑字

看起来依然清秀

念出来掷地有声

仿佛他活着时的形象

一面朝南的阳台

我是在失去它之后才开始怀念

一些日子我在那儿远眺

尽管目光所及之处

除了屋顶就是天空

但总有点别的什么

落在了心里

阳光在照到我之前

先关照了阳台上的花花草草

它们的枝叶看起来更幽深了

连叶片投下的阴影

也是迷人的

值得被人长久地凝视

但这些事情都需要在一面

朝南的阳台上完成

路的尽头

她在路上走着

像只母兽那样

穿过一排排闪耀着金属光泽的汽车

往洞穴的方向走去

冷空气无处不在

亲吻着它遇到的一切

使之变得冰凉

栾树掉着叶子

地面上积了厚厚的一层

枯萎填塞着人们的眼睛

然后是想法

路的尽头有一个孩子

摆弄着手里的玩具

不时倾听着来自门外的动静

他在等待她走进去

将手中的蔬菜、水果和鱼放下来

等待她看他一眼

然后端上热腾腾的汤锅

等待他们围桌而坐

笑着，说着什么

空气一点点解冻并流动起来

然后是他们的心

冬季的街道行人寥寥

每扇亮起的窗户后面

都有一双向外张望的眼睛

有时候是两双

有时候是三双

每扇寂静的门后面

都有等待钥匙插进锁孔时

咔嚓声响起的耳朵

它可能来自一个孩子

也可能来自一个男人

或一个女人

每一个回到房子里的人

都有必须走进去的理由

走进去并坐下来

告诉自己回家了

告诉自己必须站起来

迎接古老而恒新的夜晚

热气腾腾的夜晚

漆黑的夜晚

无数的夜晚连接起来

构成了无数的命运

关上门别人就不知道的命运

它们都是好的

新疆的丑苹果是好的
只有吃过的人才知
它有一颗甜蜜含蓄的内心

武汉洪山的菜薹是好的
一丛丛立于寒风中
天气越冷越肥美

路边的野菊是好的
它被一个人随意摘下
并陪她走过一小段寂寥的路

十二月的水仙是好的
它努力的方向是结一个花苞
再结一个花苞

叶片泛着清莹无用的光
无意中安慰着
一双双劳碌的眼睛

长久以来

蓄满水的热水袋沸腾过后
安静下来，接受了冷却的命运
在夜里与我的手足亲密相拥

珍珠发卡泛着洁白温润的光
像希冀中的某种生活，偶尔出现在镜中
出门前它会被摘下来

刻着猫咪图案的檀木梳子躺在那里
接受主人偶尔的注视
下一秒它就要跳起来

长久以来，是这些细小的事物在提示
铅灰色云层下面缓慢移动的我
保持对美的觉悟与想象

灼华诗丛／形而上的夜晚

气息

一束百合，待在窗户旁边的梳妆台上
当我顺着客厅的通道，走进屋子
眼睛首先感受到了它的存在

一团白色的模糊的香气，在等着我
我的心随之愉快起来，它拉着我的身体
来到窗前，站立一会儿

有时我离开，去做别的事情
暂时将它遗忘，它还待在那里
花蕊朝上，朝向虚无

但它并非僵硬的，它有短暂的生命
在枯萎以前，将断断续续的香气
从瓶中倾倒出来

当我来到屋内，那气息将我包围

这些天

我像一只失声的鸟儿，因为走在路上
与一排饥饿的乳头相遇，尽管那来自一条母狗

因为我们懵懂的生和永不满足的口腹之欲
因为长久以来浑噩的索取，加速了母亲的衰老

因为儿子稚嫩眼神中，无来由的信任
某些时刻我怀疑过婚姻，这种制度的合理性

因为秋夜无意间窥见，一条河流的源头和流向
但一切皆有定数，因为这定数，命运欠我一个道歉

第三辑

给她的诗

留守

雪落在水面上，很快化掉
两只野鸭子出现在水中央

雪落在远处的田野和山坡上
也落在王小朵扑闪着的睫毛上

偌大的池塘边，只有王小朵
在洗衣服，擦鼻涕，呵气

每擦一次，她就想好了好了
就要洗完了。每对着红肿的手

呵出一口气，她就想好了好了
冬天就要结束，姆妈就要回来了

鹦鹉

买下它们的同时

我准备了笼子、水和食物

想到它们需要长久面对冰冷、单调的笼子

我又准备了吊环、云梯、鸟窝

和一小块棉絮

现在我的付出好像有了回报

高兴时它们会叫几声，并跳上我的肩

顺便看看外面的天空，天空真蓝啊

但我不打算开窗，我的爱局促，狭隘

只能在封闭中进行

分享

通常是我买到满意的裙子
我想起母亲，想让她穿上一模一样的
我们去逛街，被人一眼认出母女关系

现在是冬日，没有槐花在枝头微微颤动
洒下清甜的香气。我在郊区的房子里啃苹果
泛着红润和光泽的果子，真的很甜呢
有一刹那我陷入恍惚，我想让你也尝尝这味道

给她

给她红裙子和棉花糖

给她嘟着嘴说不的权利

给她桃花，油菜花，金银花

把它们别在发辫上

给她一段香气

等她长发及腰

给她颠沛流离

让她心生荒凉

再给她一段爱情

让她吃小醋做白日梦

看看时机差不多了

爱情鸡飞蛋打

她心一横嫁人

给她泪水，争吵，沉默

给她回忆，悔恨，自我锻造

一个收敛了刺棘和翅膀的人

靠不多的温暖活着

温暖喊：妈妈，妈妈——

她回过神来

有雪花从枝头簌簌落下

第三辑　给她的诗

秋

那时候棉桃开花了

我的目光追随着它们

追到哪里，哪里就开出一小朵一小朵

粉色或黄色的喜悦

白白的阳光烘烤着一切

在它之下的事物

我看到荸荠墨绿色的叶子

倒伏在湿润的水田里

由此想到它酱红色的果实

正藏在腥黑的泥土下

想到它甜蜜洁白的果肉

我咽了一口口水

我背着妈妈缝制的帆布包

穿着一条艳丽的花裤子

在那条路上来来回回

走了很多年

没有迫切的事情需要完成

没有爱恨在前面等待我去心力交瘁

灼华诗丛／形而上的夜晚

我也是一朵正在打开身体的

干净的棉桃花

回溯

他砍来木柴堆放在院里

想起妻子的嘱咐

又将桂树种在房前

夏天时他垒了厨房

推窗可见菜地

其间他生病

以为自己要死了，但是没有

现在他走进走出

和邻人交谈着

打量着这孤僻之地

空荡荡的住所

大理石反射雪白的光

风从窗户缝钻进来

他并不介意

他抚摸着木头和墙面

想着他一生的荣耀和归宿

尽在于此

天暗下来

溪边担水的少妇，眼睛越来越亮
她要赶在天黑之前，浇完坡地上的红薯

扁担被她从左肩挪到右肩
水花溅出来，淋湿了夜晚的睫毛

她的小女儿坐在地边，一遍遍唤着妈妈——
她应答着。除了声音，她没有更好的安慰

山风吹拂着，送来木柴燃烧的香气
她加快脚步，在更深的黑暗到来之前

女人

她生育过三个孩子

第一个是女孩，后面是男孩

她松了一口气，开始漫长的劳作

四十九岁那年子宫被切除

眼睛因哭泣太多而视物模糊

她偶尔会怀念缺失的部分

"月亮一样明亮的眼睛，再也回不来了"

她守着余下的部分继续活

但怀揣一颗赴死的心

把过好每一天当作信仰

她叫王招娣或韩菊梅

住在这片土地上的东边

西边，南边或北边

灼华诗丛／形而上的夜晚

甘蔗

生长在南方，在清晨被砍头
送去集市的甘蔗。陪伴六岁女童
等候在街边，被置换成零钞
塞进妇人贴身的口袋

多年后路过黔地，从车窗里她再次看到
大规模种植的甘蔗。那清秀独立的姿态
是她所熟悉的。叶片锋利，碧绿
看起来充满希望，但又随时准备
割伤伸向它的手掌

如果

如果你有过这样一位小学老师
他瘦削，温和，穿着整洁的旧衣裳

曾用矜持的手，抚过你的额头
令你止住哭泣。教你写字，读诗

在午后拉起胡琴，琴声溅落在池塘水面上
在多年后的今天，依然击中了你

如果你抬头，看到太阳又新鲜又陈旧
照耀着堂前草，年幼的心滋生了莫名的忧伤

也许你忘了他的名字，但不能阻止他的影子
在眼前摇晃，像路旁的树枝

如果——请立即动身，去寻找他吧
即使他已离开人世

活着

从玫瑰的盛年中，得到启示

从他者的经历中，看到自身的侧影

以为这肉身坚硬，却依然会有那样的时刻

喉咙一紧，眼眶发热，于绝望中闻到花香

在漫长的等待中，学会注视孩子和植物

在晴朗的日子里，去花树下拍照

在下雨天，写有香气的小句子

并不打算迷惑谁，只是靠着它小憩一会儿

周末

驱车三百公里，去山林内部
踏上曲折的石阶，令双腿不停行走
令思绪暂时消退。肉体需要酸胀，疲乏
而不是闲置，有时它会默默羡慕
劳作归来的农妇，肤色黝黑而眼眸清亮
不知诗歌和哲学为何物，也不因失眠而苦恼

悲伤

悲伤的事情是，你们还年轻

却用本该谈论春风与接吻的嘴唇

讨论物价与房贷，用本该触摸

花儿与流水的手，敲击键盘和鼠标

生活给不了你们想要的

你们去电视剧和书本里寻找

你们写诗像做贼，穿过城市的高楼间

像梦游。你们偶尔忧伤

转身又被娱乐的浪花逗笑

井水

她压动水泵，井水自地下涌出
方圆十米之内，蝴蝶来过，留下断翅
青蛇来过，留下蛇蜕，落叶来过
留下新鲜的腐烂气息。阳光从枝叶间漏下
落在她的侧脸上，两只绞丝银镯
被套在她雪白的手臂上，随撞击
发出"叮叮，叮叮"之音
像人世间寂静的回声

执着

幼年时求而不得的事物留下的阴影

长大后以另一种形态

在她体内卷土重来

她在人海中兜兜转转

花很大力气去寻觅和挽留

直到筋疲力尽

那是一个春天

她靠着桃树安静下来

桃花开了，三三两两的

她想三月将尽

我为什么还不开心

写诗

写诗不能代替饮茶，那舌尖上的回甘
不能代替历经跋涉之后将手伸进春水里搅拌
不能代替对岸悬崖上一树白花闪烁
那心中的一荡，眉宇悄然舒展

当茶被饮尽，手必须从水中抽回
四月过后芳菲散尽。是时候让诗出场
进行挽留和还原。那舌尖上的回甘
心中的一荡，眉宇悄然舒展

此后她没有离开小镇

她挠着溃烂的小腿

她的腿已经变形，弯曲

需要拐杖才能行走

她向人们说起

一生中仅有的两次远行

一次是海滨城市

她说起大海

当地的天气和建筑时

眼睛里有了光

她没有说起爱情

但我们猜测与那有关

她说起另一个地名时

语气平淡了许多

像说起清晨初开的栀子花

我们眼前出现一个

为生计发愁的年轻母亲

她穿着暗淡的衣裳

从集市上拎回一块猪肉

购物癖

她爱上了从茫茫麦田中

挑出金黄饱满的那一株

不喜欢了也没关系

点点鼠标退回或者压箱底

可她不能退回一个过期的爱人

和一段开始变质的关系

她舔舔嘴唇，干燥感攫住了她

上楼时她会看一眼那棵

绿得有点不耐烦的柚子树

它的花真香真白啊，可是谢了

天阴着在等待雨还是晴？

茉莉在暗中积蓄力量

她在拆包裹。她拆包裹的样子

像拆一封情书，根本停不下来

未知的部分

祖父离世后，又在祖母的回忆中
存活了很久。一个老妪讲述时
偶然闪现的羞涩并不逊于少女
但逝者必须承受抱怨而无法回应
"狠心的，走那么早……"
伴随着涌出眼眶的泪花
他们的孙子还小，需要她照顾
直到多年后，送他搭上去外地的班车
她才若有所失，回到空荡荡的堂屋
光阴开始慢下来。门前的树绿了又枯
夏蝉聒噪冬雪缟素，这些她都看到了
五月的一天上午，她穿戴整齐躺下后
再没醒来。她走得匆忙，临终心情
是欣慰或痛苦，无从得知

不确定的事物

在梦里，我是不确定的事物

波光粼粼的河流

草叶上盈盈欲坠的露珠

一面正在返青的山坡

在梦里我曾轻轻战栗

醒来后我忘了他的样子

但记得那战栗

在现实中发生过

我曾为之欢欣和哭泣

并逐渐成长为坚定而落寞的妇人

当又一个清晨来临

拉开窗帘时我却感到

无以名状的悲伤

为自己，为永不会到来的

梦中人

结局

少女松开了递过来的梯子
年轻的消防员在窗前哭泣
他的善良还来不及腐烂和变质

在一个故事的中间部分
女孩米莉安遇到生命危险
开货车的路易斯帮她避开劫难
他们才认识五分钟

生而为人的代价，是时时穿梭在
绝望与希望交织的丛林，看落日
在远处勾勒永不可及的圆满

谜

我出现在这里，作为一个谜

一道难题，和路边栅栏里的小花

有什么区别？和三条腿的椅子

年久失修的沙发，有什么区别？

我在车流中走，踩着合欢花的尸体

眼睛被柳絮迷住了，看到人群

从四面八方拥来，鱼贯而入

去到地下，眼睛看向远方

远方有什么，答案在风中闪烁不定

我看到更深的黑暗，在天空中来临

灼华诗丛／形而上的夜晚

桌面上

竹筒来自皖南，除了偶尔被想起

用来插花，其余时候，它空着

像长夜里幽怨的妇人。绿萝来自花盆

如今借助一杯水，生出细细的根须

那一点点膨胀的绿，仿佛神迹

伏案时，听到身下的木椅吱呀一声

许久了，它默默承受我的重量

仿佛不存在般，如今那呻吟告诉我

你并非独自在忍耐

当我分开它们

进入由芦苇、豆娘、蜜蜂和蛙声

组成的世界时

一种植物特有的清气席卷了我

为表示对它们的喜爱

我拍了几张照

采了一束野花

折断了一根苇秆

离开那儿后

我的裤管上多出了一些

花粉、碎叶和露水

手背上有一道口子

有点疼，并由此带来挫败感

尽管我迫切地

想与它们融为一体

但显然它们不这样想

枇杷树

枇杷树的叶子远看像一团绿雾

如果走近

会发现黄色枇杷藏身其间

借助树枝的托举

与地面保持恰当的距离

在遍地浓荫的六月

作为果子的它们吸引了更多关注

枇杷树反而被冷落了

造物主的安排是

当她开花

作为少女的她悄然死去

作为母亲的她诞生

无数个失眠和醒着的日子

漫长，乏善可陈

一棵树没有办法走出自身的

局限和阴影

它的骄傲只能是此刻

树顶上的枇杷

麻雀

第一天它的叫声

雨点般落在墙壁和大理石之间

又被空旷迅速吞吃掉

我打开门试图驱逐

但在一只鸟儿看来

更像是阴谋

第二天它的体积看起来缩小了一圈

但依然坚持撞向玻璃墙面

又被迫退回

第三天它缩成一团

摇摇欲坠

我毫不费力就捡起它

我想，对于一只不幸的小鸟来说

即使是最后的迟到的

自由

也比没有强

野

钻出水面的野鸭，抖擞羽毛时
飞溅起的水珠是值得注目的

一卷旧书，故事进行到高潮部分
谓之野史，读来令人荡气回肠

我曾从野外带回一包泥土
因为没有合适的种子，只好让花盆空着

某日那里冒出一抹绿色
夏天来临时，红色浆果挂满枝头

野生的，神秘的，旁若无人的样子
我一直惊异于自然，那无处不在的力量

在电影中

一个女人身陷困境：被诬陷，游街，扔臭鸡蛋
直至毁容，但一个男人始终对她不离不弃

他紧紧拥抱她，带她回自己的家乡
给她买雪花膏，给她活下去的勇气

对着屏幕，我流下了同情的泪水
想着，为什么我没有遇到这样的爱情

在不多的陡峭时刻，没有这样的人出现
没有拥抱，雪花膏，真诚灼热的目光

但理智很快叫停。如果爱情一定要等到
身陷危机的时刻才肯现身，那我还是不要了

我们

泪腺干枯，不再冒出汩汩的泉水

我们在雾霾弥漫的清晨去上班

打开手机和电脑，坏消息接踵而至

我们正在适应这样的生活

姑娘们为爱情的缺席而发愁

父亲们为明天的面包和学区房而担忧

当我来到郊外，看到太阳将每一缕光线

均匀地洒播。野鸭在觅食

微风拂过草尖，万物清凉而有序

真令人疑惑，仿佛我们之前过的

是一种不真实的生活

一天

晨起，阴雨天气在持续。下地铁前
她回头，剜了一眼双腿呈八字叉开的男人

她早餐吃的羊肉粉，上午读寡淡之诗
下午接到几通推销电话，她挂断时
与这个世界的隔膜又加深了

傍晚她牵着孩子走过城市广场
各种形态的广告单被肤色各异的手
塞过来，她想拒绝但孩子接了下来

花花绿绿的单子对他有着天然的吸引
晚上他们躺在床上，她试图给他讲
《小红帽的故事》，但他要听《小蝌蚪找妈妈》

第四辑

雪的两种时态

意外

一棵树最好的样子

是在春天发芽，开花

香气是一种意外

从树下走过的人

闻到了，是一种意外

闻到的人，萌生出一些念头

好的或者坏的，是一种意外

树不关心这些，它专心地开花

苹果园

一

一些果子在阴影里沉睡
另外一些已经醒来
在风中交头接耳

这个下午，我的幸福感来源于
窥见了这些小美女
出阁前的静好时光

二

一枚果子掉落了
躺在地上，等待腐烂的过程中
会不会怀念在树上的日子？

我知道一个人在地上待久了
会羡慕天上那轮月亮

灼华诗丛／形而上的夜晚

三

被虫子秘密啃食过的果子

它的伤口藏在内心

吃到最后才会看到

一块触目惊心的疤

每个清晨，带伤的苹果

从枝头上爬起来

花枝招展地出门而去

没人能忍受永久的寂静

那会儿

我每天要翻过一座山去对面

有时是和一群人

有时是一个人

山上植物繁茂

在春夏，油茶开白色的花

野蔷薇开粉色的花

它们都有好闻的香气

我不能忘记那一片墓地

从远处看

它像帽子

又像嵌入人间的

一小块阴影

多么寂静啊

我不敢唱歌

更不敢高声讲话

我的小学时光

就这么提心吊胆地过去了

第四辑 雪的两种时态

芒种

从地铁站出来，一只伸过来的空碗

令我的惶恐比它的主人更甚

黄昏时迷途的小动物

我走它也走，我停它也停

却不能带它回家，我的局限比它更甚

枇杷树昨日开白花，今日挂黄果

一生中最闪耀的时辰，我每天仰起脖子

用目光爱抚一遍

读一个人的传记

她感觉到饥饿

于是往体内塞进

异乡、书籍、药片和男人

借助这些

她得到了短暂的慰藉

那时她年轻

只信仰爱情

后来她走在人群中

看见每一个婴儿

都像她杀死的那个

落日盛大

但不再带来安慰

更像是某种忏悔

在每一个黄昏

等待她迎头撞上

她带着忏悔

行走在人间

她是自己的

一小片阴影

农妇的哲学

马铃薯，山药，花生，芋头
这些埋在土里的
是可以信赖的

西红柿，草莓，完好无损的青菜
这些露在外面的
是值得怀疑的

她说，美好的事物
一开始是黯淡的
它们终年在低处
闪烁着泥土的本色

荷花不这样认为

我喜欢荷花

走在田埂上

看到它从淤泥里伸出修长的身子

粉红的面容

还冒着新鲜的香气

就忍不住摘下

只有坚固的玻璃瓶和干净的水才适合它

我这样想着

也这样做了

在我的手伸过去时

它开始掉第一片花瓣

被我摘下后

掉了第二片

在我小心翼翼的怀抱中

它掉了第三片

第二天我醒来

它只剩下一颗泛着苦味的

莲心了

暮晚

衣服洗净后被悬挂起来

在风的吹拂下变轻

变轻的还有人

仿佛体内的灰尘和污垢

被带走了一部分

风信子在开花

这是它一年中最好的时候

接下来它的背将弯曲

除了填满肚子的焦虑

还有什么令人不安？

从这里望出去

落日正滚下对面的房顶

春天对于人群有着秘密的吸引

莫非召唤

来自那青草茂盛之地？

祖母昨夜来看我了

她站在床边

先是摸摸我临睡前泪湿的脸

然后走出去

她的腿脚不太利索

我追上去

在一片开得茂盛的油菜花田边

她停下来冲我

挥挥手

刚下过雨

空气清爽而甜蜜

我的手指碰到一颗油菜上的水珠

冰凉的触感

迫使我睁开眼睛

室内寂静如初

隔着窗帘

我听到雨水拍打塑料雨棚的声音

清白

祭拜完亡人后
女人们捡拾起悲伤
去了田野。一小片白花
和更多叫不出名字的绿
安慰了她们

年轻的男人们，相约着
去了从前的水库
水面安慰了他们

他们分别带回，鲜花和鱼
花被插进瓶里，供奉起来
鱼被剖腹洗净，躺进锅里

他们围坐着，像从前那样
品尝熟悉的味道
味道安慰了他们

没有人说话。暮色涌进来

栀子花在开放，香气和虫鸣

安慰了他们

某些时刻

某些时刻你眼睛发亮

发烫的脸颊像红樱桃

梦被倒挂在树上，闪闪发光

某些时刻你面对生活

挥舞着双手，咆哮着

又颓然地转过身去

某些时刻你枯坐

头脑像杂草丛生的荒地

想不起爱过的男人的面孔

某些时刻你告诫自己

得咽下生活黑色嘴唇吐出的谶语

像接受它曾经催生的花朵

某些时刻失眠来袭

白月光没有从窗外渗透进来

黑暗无边，浩大，犹如置身墓室

喜悦

春天的一个下午

我从外面回来

细雨落在眉毛和裸露的脖颈上

冰凉冰凉

仿佛在敲打昨日死去的部分

有什么就要醒来了

一些紫色小花从地表钻出来

那样细微的喜悦，要走近才会发觉

另外一些，从黝黑的枝干上冒出来

一朵追着另一朵

一朵压在另一朵的身上

放浪形骸的样子

将喜悦又放大了一些

春日

持续数月

她每天往返于会议室两次

关好门窗

解开上衣纽扣

已是三月

空气里弥漫着花粉的甜香

一些虫子在空中嗡嗡乱飞

玉兰耀眼的白

令最庸常的女子也起了爱慕之心

哺乳期的女人

她的胭脂锁进了日记

现在，她穿着宽松的衣裳

把乳汁挤进瓶子里

把睡眠别在眼袋上

现在，只需要一阵风吹过

她就要从枝头坠落

新鲜的事物

我喜欢新衣服，新鞋子，新手镯

新鲜的地名和空气

清晨醒来看到的第一缕光线

想象和它亲密接触时

我的手臂正托起年幼的孩子

穿过喧嚣而古老的菜市场

乱飞的蚊蝇和鞋底的污泥

可以忽略不计

我想起明亮的橱窗里

未及拥有的新衣服时

眼睛正盯着电脑屏幕

臀部被钉在凳子上很久了

我想象穿上它走过鲜花盛开的山谷

这个已经陈旧的身体

开始焕发出新鲜的光芒

沼泽

清明。菜花的黄

从田野蔓延到屋后

一个微型的盛世

空气中流淌着即将来临的衰败气息

我的祖母八十六岁了

喜欢坐在门口

"头发好多天没洗了，腰弯不下去。"

她看着我的眼睛央求道

两岁的儿子忽然哭出来

要拉我去外面

那里有更吸引他的事物

年轻的母亲妥协了

像从前祖母向孙女妥协一样

回来时我带了一把香蕉给她

一个月后她离开了

我常常想起她最后的央求

心里咯噔一下

遗憾像沼泽在余生等待我

缓缓沉入

合唱

在九月的乡下

在月光如银的夜晚

虫子们会从四面八方聚集起来

举行一场盛大的合奏

唧唧——唧唧——

无边地响亮与齐整

声音自柴草垛、灶台边、窗台下传来……

也从遥远的山岗传来

从收割后空旷的田野里传来

从无边的黑暗中传来

这声音足以把秋风啼冷

把草尖上的露珠啼落

把月亮的光华掩盖

透露出决绝的赴死的心

卑微的虫子啊

一生中会有这么一场合唱

来证明自己生之响亮、生之阔大……

出太阳了，去田野走走

我指给他看

低处的油菜，小麦，菠菜，萝卜

高处的泡桐，香樟，苦楝，桂树

我牵着他，走在绵软的泥土上

他还不能讲一句完整的话

但已学会张开双臂表达愉悦

一只艳丽的公鸡出现在远处

他挣脱我的手去追赶

多么熟悉的场景

寂静的田野，灰蒙蒙的田野

从前，我经常走过

现在，我们重新走一遍

野花

在鄂东南，墓碑比荒山醒目一些
墓碑上的纸花，比田野里的小花鲜艳一些

在鄂东南，那么多的野花约好了似的
在游子归来之前全开了

在鄂东南，野花会引领着人们
穿过高低不平杂草丛生的土路
来到墓碑前，跪下，磕头，流泪

谷雨

没有比四月更好的季节了
走出门去，植物生长的香气
像野兽般扑过来
啃咬每一个人

没有比樟树更好的树木了
老叶子落了，新叶子长出来
现在又开出了小黄花

父亲说，在盘石桥村，老人越来越多
樟树越来越少，上好的樟木啊
埋进地下，也能散发幽香
令虫蚁不敢靠近

挽歌

总有一些星星，在角落里黯淡

总有一些种子，在地下低泣

总有一些花朵，提前腐烂

总有一些坏爱情，像野花

随处可见，像隔夜的饭菜，见到的人

叹息着，捂着鼻子走开

总有这样，或那样的意外

令我们分开，不一定是生死

也可能是，人心的叵测

局部

下午四点，去盘石桥村的途中
光被卡在云层中，只射下来一部分

光去了河边，河水金黄
光去了屋顶，红色的琉璃瓦格外艳丽
光落在行人和牲畜的脸上，眼睛生动起来

光到不了的地方，是一大片稻田
和后面的山坡。虽然稻子已经结穗
但是鸟却不来光顾

一个从东边过来的人，在光中走了很久
经过这片山坡时，打了一个寒噤

她们

母亲生育过三个孩子

第四个被她杀死

为了弥补什么

她活得像狗尾巴草

唯一欣慰的是

在她的病床边

父亲垂下了脑袋

在鲜嫩但空空的年龄

姑妈选择了姑父

一个聪明的投机分子

夜不归宿的次数

与他的资本一起疯长

于是她黯然离去

她们向我走来

手里拿着绳索

不顾我的反对

不顾它曾经套在

她们的脖子上

她们认为，瓶装的花

比开在野外的更安全

雪的两种时态

雪平静时，落在青瓦、竹叶、断桥上

雪暴怒时，变成冰雹

砸在玉米、高粱、小麦上

一个农民抱头痛哭

雪落在断桥上时

像一幅水墨画

雪落在乡下教室的屋顶上时

风从没有玻璃的窗户吹进来

被冻僵的小脚丫又痛又痒

田野颂

春笋，荠菜，香椿……

这些来自田野的馈赠

肥嫩，自生自灭，被粗暴的手采摘

是它们的

打量，挑选，讨价还价

是我们的

摊贩赔着笑脸

但不愿意贱卖

对于生活，我们都觉得委屈

暗中握紧的拳头

又松开

现在，它们被带回家

被水煮，油焖，爆炒

被端上餐桌

被我们吞下

仿佛吞下雨水、惊蛰和清明

多么好

我们拍着肚皮发出了愉悦的叹息

安全距离

大量的人拥上街头
大量的汽车尾气在排放
大量的房子，空置的，拥挤的，温暖的，冰凉的
大量的词语在海水里漂浮着，碰撞着，寻找着

我要站在远一点的地方
与你们彼此打量，并视对方为异类
我需要将自己投入枯燥具体的生活
并在手心里藏一枚绣花针
以便刺疼麻木的神经

宿命的雨

那落在池塘里的，成为池塘的一部分
那落在树叶上的，成为空气的一部分
那落在车窗上的，成为唯心的一部分

速度使它变成急促、潦草的事物
江汉平原的八月在窗外一闪而过
炊烟被洇湿，绿色摇摇欲坠
我看着它们不断落下，一个个精灵
在奔赴人间的途中，发出了潮湿的叹息

一场雪就要落下来了

一场雪就要落下来了
颓废了一冬的人们开始振奋起来
是否洁白的事物总会受到欢迎？
在不同的地方，我目睹过人们
对待它的不同态度

青春时髦的男女在雪地上欢呼着
彼此追赶。衣不蔽体的乞丐
抱着瑟瑟发抖的双肩躲到角落里
擦皮鞋的老妇守着清冷的摊位
目光里写满对雪的幽怨

无论你是否愿意
一场雪就要落下来了